LE POSTILLON

DE MAZARIN
ARRIVÉ DE DIVERS
ENDROITS LE PREMIER
OCTOBRE.

A PARIS,

M. DC. XLIX.

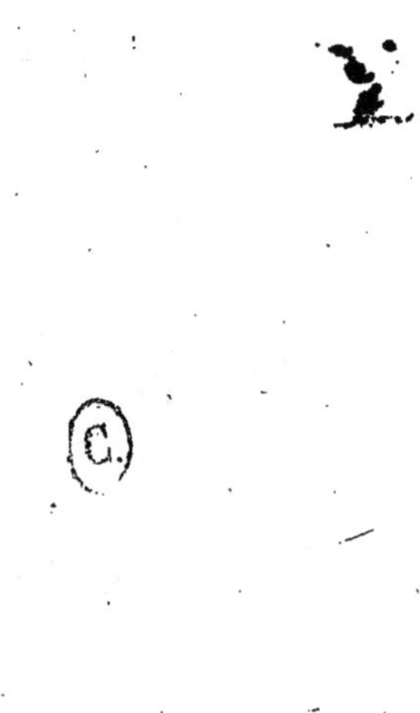

LE POSTILLON DE MAZARIN
arriué de diuers endroits le premier.
Octobre.

VN iour me promenant au Palais Cardinal,
Ie formois le dessein de creuer vn canal
Dans ma maison des champs qui est assez jo-
lie,
Mais cela luy manquoit pour la rendre accomplie.
L'on m'appella d'enhaut, il fallut m'arrester,
Lors que ie regardois ce qu'il pourroit couster,
Comme i'en supputois à peu pres la depence,
Ie vis qu'on m'appelloit de par son Eminence,
Ie m'auance aussi tost, sans redoubler mon pas,
Car ie m'imaginois rencontrer le trépas,
Si tost que ie serois arriué dans sa chambre,
Neantmoins i'auançay, peur de le faire attendre,
Quand i'y fus arriué, l'on me dit qu'il falloit
Suiure le Cardinal dans le lieu qu'il alloit:
I'y consentis d'abord sans songer au voyage
Pour lequel acheuer il marcha sans bagage,
Il me faut auouër que ie fus bien surpris,
Mais il ne fallut pas parler, car i'estois pris,

Quand i'euſſe reculé taſchant de m'en deffendre,
On m'eut touſiours contraint malgré moy d'entreprendre
Ce que i'auois promis ſeulement par reſpect:
Enfin ie conſentis pour n'eſtre point ſuſpect,
Quand vous parlez, François, le Cardinal ſe trouſſe
Et ſoudain l'on me mit vne fort belle houſſe
Pour ſeruir de cheual & porter vn baudet,
Lequel ſans contredit on peut nommer lourdet.
Eſtant donc en chemin nous quittons les campagnes
Et nous nous eſleuons par deſſus les montagnes.
Nous couruſmes vn iour ſans trouuer le chemin,
Le Cardinal me dit, ce ſera pour demain,
Moy qui ne ſçauois pas le deſſein de ſa route,
De ce retardement i'entray ſoudain en doute:
Mais ſans luy teſmoigner, ſi toſt que le Soleil
Nous eut de bon matin fait reuoir ſon bel œil,
Nous partons derechef, ſans regler noſtre courſe,
Et deſia nous paſſions la petite & grande Ourſe,
Quand vn Ange du Ciel s'en vint nous arreſter
Alors le Cardinal ſe mit à conteſter,
Diſant qu'au Firmament il auoit des affaires,
Mais tous ſes vains diſcours ne luy ſeruirent guiere,
Si toſt que i'entendis parler du Firmament,
Mes ſens furent ſurpris d'vn tel eſtonnement,
Que ie n'auancois plus qu'auec grande contrainte,
Mon cœur eſtant percé d'vne mortelle atteinte,
Et ie craignois que Dieu ſurpris de noſtre orgueil
Ne nous fit faire au Ciel vn redoutable accueil,

Nous

Nous pourſuiuions alors quand ſoudain le Tonnerre
Commença de gronder en menaçant la terre
De la furie bien-toſt de ſa preſomption,
Neantmoins nous allions de meſme affection,
Apres auoir braué trop long-temps la tempeſte,
Laquelle à tous momens penchoit ſur noſtre teſte,
En fin nous arriuons à la porte du Ciel,
Où d'abord nous ſentons vne douceur de miel,
Monſieur le Cardinal laſſé de cette courſe
Commence à reconter tout l'argent de ſa bourſe,
Il crût tout auſſi toſt que nous pourrions entrer,
Me diſans que l'argent pouuoit tout penetrer,
Mais ie luy reſpondis, reſpect voſtre Eminence
Ce n'eſt peut-eſtre pas en ce lieu comme en France.
Eſtant dans ce diſcours ſans beaucoup retarder,
Deux Anges à grand pas nous vindrent aborder.
Moy qui les vit de loing ie fus rauy de ioye,
Mais pour leur mieux parler le Cardinal m'enuoye,
Diſant retirez-vous, ſoyez content de voir
Ceux qui pour mortels ſont touſiours en deuoir,
Ie ne fus pas party qu'ils tindrent conference,
Mais pour les eſcouter (ſans faire bruit) i'auance,
Et mon eſprit pouſſé de curioſité,
Ie m'approchay plus prés pour oüyr la verité,
Mais ie connus bien-toſt que pour de tels gens d'armes,
Ses piſtolles auoient de trop de belles charmes,
Pourtant le Cardinal ne fût point eſtonné
De ce honteux refus qu'on luy auoit donné,

Mais il se resolut (sans perdre le courage)
De souffrir doucement vn si sanglant outrage,
Il le nommoit ainsi, mais à mon iugement
Ie crus qu'il meritoit vn pareil traittement.
Sans nous desesperer nous tournons par derriere,
Où nous croyons entrer en disant nostre affaire,
Nous frappons, tout soudain on nous dit, qui vala?
Monsieur le Cardinal respond, ouurez hola,
C'est ce grand Cardinal le Maistre de la France.
AA. Nous ne connoissons pas Monsieur V. Eminence.
C. Vous mocquez-vous de moy? AA. dites nous vo. nom,
C. Qnoy? n'entendez vous pas iusqu'icy mon renom?
AA. Non Monsieur. C. neãtmoins il est par tout en vogue.
AA. Monsieur que dites-vous? estes vous pedagogue?
C. Messieurs i'ay des tresors, ie vous en feray part,
AA. Quand vous le voudriez vous arriuez trop tard.
C. Messieurs ne raillons point ie suis vn grand Ministre,
AA. De Satan ou d'Estat? C. ie ne suis pas vn Cuistre
Ie suis vn Cardinal. AA. mais vous ne vallez rien,
C. Ie suis vn grand Docteur, ie suis homme de bien.
AA. C'est dequoy nous doutons. C. ouurés ouurés la porte,
AA. Nous ne l'ouurirons pas. C. parlez vous de la sorte,
Aux gens fait comme moy? AA. estes vous si parfait?
C. Ie n'ay nul manquement ie me trouue bien fait.
AA. Auez-vous des tesmoins de ce que vous nous dites?
Vous estes imposteur, vous estes hypocrite;
Allez, retirez vous, on ne peut vous ouurir,
Cher amy quel affront; vous le deuez souffrir.

A quoy bon s'en venir dans le lieu de la gloire
Sans iamais auoir fait vne action meritoire,
Auons iamais ieufné? auez vous feruy Dieu ?
Sçachez qu'on ne doit pas s'en venir en ce lieu,
Si l'on a fait du bien, & beaucoup d'abftinence
Mais pour vous qui n'auez iamais fait penitence,
Et qui vous gouuernez felon vos paffions,
Et qui n'obeyffez qu'à vos affections,
Vous ne vous deuez pas ingerer d'entreprendre,
D'obtenir vn accueil qu'à peine ofent pretendre
Ceux qui depuis long-temps ont vefcu fainctement,
Il nous en faut aller fans autre compliment.
Monfieur le Cardinal entendant mes paroles
Commence à deferrer doucement fes piftolles,
Et me dit, pourfuiuons plus bas noftre chemin,
Nous y arriuerons de bon heure demain,
Nous voila donc partis, nous trauerfons les nuës
Nous baiffons par deffous des maifons inconnuës,
Apres auoir paffé dans les obfcuritez,
D'vn vent impetueux nous nous fentons portez
Dans vn air enfouffré, tout remply de tenebres,
Où l'on n'entendoit rien que des cris tres-funebres,
Nous nous fentons faifis d'vn friffon dans le cœur
Tout ainfi qu'vn foldat qui craignant le vainqueur,
S'efcarte auec frayeur, pour éuiter fa rage,
Et s'enfuyr doucement fans manquer de courage.
Ainfi nous auançons, en mefurant nos pas,
En crainte (fans pourtant redouter le trefpas)

E 1 fuite nous entrons dans le fonds d'vne voute
Si fombre que Phœbus mefme, n'y verroit goutte.
Nous redoublons le pas pour retreuuer le iour,
Mais il ne parut point que ce ne fut fon tour.
Et en le defcouurant nous vifmes vne barriere,
Et croyans y entrer on nous pouffe en arriere,
Ie me tourne tout court croyant n'auoir pas tort,
Mais ie n'apperçeu rien que l'ombre de la mort
Qui me fuiuoit de prés, fans me vouloir permettre
Que repofant vn peu ie puiffe me remettre.
Mon maiftre tout chagrin de fon premier refus
Redouroit de marcher tant il eftoit confus;
Quand il m'eut attrapé, & qu'il vit la barriere,
Il dit c'eft en ce lieu que nous auons affaire,
Il nous faut repofer, puis heurter librement,
S'ils refufent d'ouurir, faut entrer franchement:
Ie luy dis promptement l'affaire eft bien douteufe,
Et fi nous n'entrons pas l'entreptife eft honteufe,
N'importe (me dit-il, que fert de marchander ?
Il nous faut auiourd'huy fans crainte s'azarder,
Nous y deuons entrer à force de monnoye,
Ma foy ie ne crois pas qu'aucun d'eux me renuoye,
I'ay bien affaire à eux, ie voudrois leur parler,
Et s'ils ne veulent pas, il faudra s'en aller,
En me difant cela, nous vifmes à la porte
Des hommes qui crioient d'efpouuentable forte,
Appellant aux fecours, ignorans le fuiet
Pour lequel nous voyons vn fi funefte objet,

L'on

L'on nous dit aussi-tost que de cette contrée
Nulle ame ne sortoit apres y estre entrée,
Si Dieu ne l'ordonnoit. Monsieur le Cardinal
Se presentant à eux leur parut vn cheual,
Ils furent si surpris de voir cette merueille,
Qu'ils se teurent tout court pour luy prester l'oreille,
Et l'entendant parler comme il vouloit entrer
Luy disent qu'vn cheual ne pouuoit penetrer,
Iusques dedans ces lieux, où l'on purgeoit les ames,
Sans y estre bruslez promptement par les flammes.
Luy qui les escoutoit (les entendans parler)
Leur dit resolument, qu'il vouloit y aller,
Qu'il estoit Cardinal, qu'il gouuernoit la France,
Qu'on l'y pouuoit mener en toute confiance,
Qu'il les payeroit bien, qu'il les rendroit contens,
Eux apres les propos s'en allerent sautans,
En disant qu'vn cheual qui disoit tant de choses
Leur pouuoit dire aussi ses importantes causes,
Qui l'auoient fait venir. Suis-ie donc vn cheual?
Pour qui me prenez-vous? Ie vous dis Cardinal,
Et que i'ay de l'argent assez pour satisfaire
Aux frais qu'il conuiendra dans vne telle affaire.
Ils eussent derechef aigrement disputé,
Sans que mon Maistre fut tout soudain emporté.
Sans sçauoir qui c'estoit qui auoit cette audace
(En s'arrestant) me dit, que veux-tu que ie fasse?
Ie me vois mesprisé, l'on se mocque de moy,
Moy ie luy dit tout net, Monsieur par ma foy

On traite beaucoup mieux ailleurs voftre Eminence,
Et ie crois qu'au plutoft faut retourner en France,
Ces gens en vous voyant ont creu voir vn cheual,
Mais ie leur auois dit que i'eftois Cardinal,
C'eft ce qui les trompoit, vous eftiez mal en ordre,
Et vos habillemens eftoient tout en defordre,
Puis vous auez parlé beaucoup trop librement,
Et leur auez d'abord dit voftre fentiment,
De leur eft nouueauté dedans le Purgatoire,
De voir parler quelqu'vn qui foit tafché de gloire,
Ne tardons plus icy, n'y fait pas bon pour nous
Ditte, comme auez-vous éuité leur courroux?
Allons, allons nous en, il fait meilleur en France,
Et principalement au fond de la Prouence,
Où l'on a des citrons pour vn peu moderer
Les extrémes chaleurs qu'il y faut endurer,
Mais dans ces lieux icy, nul citron, point d'orange
Allons, retirons-nous : car la chaleur nous mange,
Allons chercher ailleurs du rafraifchiffement,
Nous joüirons plus bas d'vn grand contentement,
Il nous y faut aller, fans tarder dauantage,
De demeurer icy, certainement i'enrage,
Allons ioyeufement defcendons en ce lieu,
Où logent maintenant les ennemis de Dieu.
Nous ferons bien receus, nous y ferons grand chere,
Nous y verrons auffi peut-eftre mon grand Pere,
On dit qu'il eft logé dans le fond de l'Enfer,
Ah! que tu és badin, on fe dit Lucifer,

Les ennemis de Dieu regnent dans vn Royaume
Ou tous les fleuues font & delaict de baume,
Tu le verras bien-toft, ie m'en vais t'y mener,
Nous nous pourrons tantoft doucement promener,
Nous y ferons receu vn peu mieux que les autres
Tous mes parens y font, n'y en a-il point d'autres?
Cela nempefche pas qu'il n'y en puiffe auoir,
Mais tous les miens y ont le principal pouuoir,
Vois-tu cette noirceur, ces efpaiffes tenebres,
Tous ces mauuais oifeaux, qui font ces cris funebres,
Ils ne reffemblent pas à ceux là de tantoft,
Nous voila preft d'entrer, metóts nous comme il faut,
C'eftoit deuers le foir qui me difoit ces chofes,
Et les heures du iour alloit demeurer clofes,
Quand vn grand bruit confus tout par tout efpandu,
Fut de nous auffi-toft clairement eftendu,
Ne fçachant que c'eftoit (ayant l'efprit en doute)
Nous n'apperceufmes rien, car nous ne voyons goutte
Mais bien-toft par apres j'apperceus deux Vallets,
Qui venoient brauement, & dançoient des ballets,
En fuitte j'apperçeus vne grande lumiere
Qui nous vint promptement donner dans la vifiere.
Monfieur le Cardinal qui ne fe fentoit pas
S'aduançoit grauement demarchoit pas à pas,
Enfuitte j'apperçeus des foldats à la fille
Qui faifoient bien tous neuf cens, ou prés d'vn mille,
Deuant eux on voyoit venir vn grand vieillard
Que Lucifer auoit enuoyé de fa part,

Qui s'en vint haranguer d'vne façon crotefque,
Ie crois qu'il ne parloit rien qu'en langue Burlefque,
Lors qu'il eut acheué la fin de fon difcours,
Nous vifmes des foldats qui firent tous trois fours,
Et apres auoir fait chacun quelques gambades,
Ils firent d'extrement partir leurs moufquetades,
En fuitte des Saxons, des Turcs, & des Romains,
Des Mores, des Perfans, vinrent baifer les mains
A Monfieur Mazarin, qui reçeut leur hommage
Fort ferieufement auec vn gay vifage.
Tous vindrent falüer, Monfieur Mazarin,
Les Süiffes vindrent apres auec leur tabourin,
Pour luy rendre l'honneur, apres eux s'auancerent
Tous les Italiens qui là fe rencontrerent,
Il y en auoit tant que pour les bien conter
Il faudroit plus d'vn an, peur de fe m'efconter.
Puis l'on fit apporter vn Dais à la Romaine,
Par quatre Diablotins, plus noirs que de l'hebaine,
Monfieur le Cardinal fe mit fort bien deffous,
Et l'on me fit marcher à la tefte de tous,
Lors que nous fufmes preft de paffer fous la porte,
On luy fit vn difcours prefque de cette forte
Miniftre tres-prudent furqui tout l'Vniuers
Tient le cœur & les yeux efgallement ouuerts,
O noble Cardinal, ô puiffant perfonnage,
Le plus parfait de tous, le mieux fait, le plus fage,
Noftre Souuerain Roy vous defere l'honneur,
Que nous luy rendons tous, il eftime vn bon-heur,

De

De vous voir auiourd'huy visiter son Royaume,
Vous n'y trouuerez point de paille ny de chaume,
Mais des biens excessifs que vous possederez,
Auec nostre Seigneur quand vous decederez,
Vous aurez auec luy tous les iours des hommages
Que luy rendent souuent les hommes les plus sages,
Quand vous demeurerez pour iamais en ce lieu,
L'on vous honorera tout partout comme vn Dieu,
Quand i'entendis parler mon drolle de la sorte,
I'ay tasché d'esquiuer & de gagner la porte,
Mais ie suis asseuré par la fin du discours,
Par lequel nous pouuions nous promener tousiours,
Attendant que la mort nous eust osté la vie,
Nous en pourrions en sortir sans encourir d'enuie,
Ce discours me gagna, ie fus si tost surpris,
Que difficilement ie repris mes espris,
Car ie considerois tantost la bonne chere,
Tantost ie regardois l'excellente matiere,
Dont estoit composé tout ce que l'on seruoit,
Et tantost ie goustois le vin qu'on y beuuoit,
Ie suis bien asseuré qu'au Palais de la Reine,
Et dans celuy du Roy, on auroit de la peine
A les traiter, si bien, comme on nous regala,
Apres qu'on eut soupé chacun d'eux s'en alla,
Apres vn tel repas on fit venir mon Maistre,
Et la crainte en mon cœur commença de renaistre,
Car ie craignois bien fort, qu'on l'allast retenir,

Et qu'aprés tout cela, il ne peut reuenir,
Lors que le Cardinal entra dedans la chambre,
(Dont les paués estoient de pur or & fin ambre.)
Il s'encline si bas, que pour le releuer,
On se mit deux ou trois pour le mieux souleuer,
Il redoubla trois fois vne humble reuerence,
Tous les Diables gardoient vn merueilleux silence,
Quand Monsieur Mazarin commença son discours,
Disans à Lucifer, Prince que tous les iours,
Reuenez plus puissant, faite moy cette grace,
Que ie puisse parler à tous ceux de ma race,
Exprés, ie suis venu vous rendre mon deuoir,
Permettez, s'il vous plaist, que ie les puisse voir,
Dessus vostre bonté tout mon espoir se fonde,
I'espere que bien-tost ie reuerray le monde,
Où ie celebreray la grande affection,
Que vous portés à tous, ma satisfaction,
Dans ce iour, s'il vous plaist, se trouuera parfaite,
En obtenant de vous tout ce que ie souhaite,
A peine pouuoit-il acheuer ses propos,
que Lucifer manda que Madame Atropos,
Le menast tout par tout, luy faisant voir la place,
Dans vn fort bel endroit entre ceux de sa race,
Lucifer luy donna quelques enseignemens,
Afin d'entretenir tousiours ces mouuemens.
Mais ie ne peux quasi me contenir de rire,
quand Lucifer luy dit, qu'il luy lairroit l'Empire,

Lors qu'il feroit venu refider auec luy,
Et qu'il luy feruiroit en attendant d'appuy,
Et qu'il empefcheroit qu'on ne le peuft furprendre,
Dans les nobles deffeins qu'il alloit entreprendre,
Apres tous ces difcours, nous allafmes partout,
Et nous vifmes l'Enfer de l'vn à l'autre bout,
Où ie vis A. M. C. qui referuoient la place,
A. E. é. qui auoient trop remply leur beface,
Apres auoir tout veu, nous partifmes d'Enfer,
Et nous prifmes congé de Monfieur Lucifer,
Qui nous vint ramener iufques auprés de la porte,
Et pour nous en venir, nous fournit vne efcorte,
Apres eftre partis, nous reuifmes Paris,
Sans danger, en fongeant à cela, ie foufris,
Monfieur le Cardinal, pour toute recompenfe,
Paya fur le chemin pour tous deux la dépenfe.

C'Eft vne fiction que ie vous diftribuë
   Quand à moy ie l'ay veuë,
Receuez le prefent de mon affection,
   Cette prediction.
Se monftrera bien-toft toute accomplie en France,
   Dedans fon Eminence.

F I N.